IGUAL AL REY

Katherine Paterson

Ilustraciones de Vladimir Vagin

Traducción de Juan Manuel Pombo

G R U P O
EDITORIAL
norma

Barcelona, Bogotá, Buenos Aires, Caracas,
Guatemala, Lima, México, Miami, Panamá, Quito, San José,
San Juan, San Salvador, Santiago de Chile.

Título original en inglés:
THE KING'S EQUAL
Publicado bajo acuerdo con Harper Collins Publishers, Inc.
Copyright © 1992 del texto por Katherine Paterson.
Copyright © 1992 de las ilustraciones por Vladimir Vagin.
Copyright © 1997 para todo el mundo por Editorial Norma S.A.
A.A. 53550, Bogotá, Colombia.

Primera reimpresión, 1998
Segunda reimpresión, 2001

Impreso por Graficsa S.A.
Impreso en Colombia — Printed in Colombia
Julio de 2001

Dirección de arte, Julio Vanoy A.

ISBN: 958-04-4167-7

Para mis amigos East y West
quienes han compartido su pasión por la
paz especialmente a
Stephanie Tolan.
—K.P.

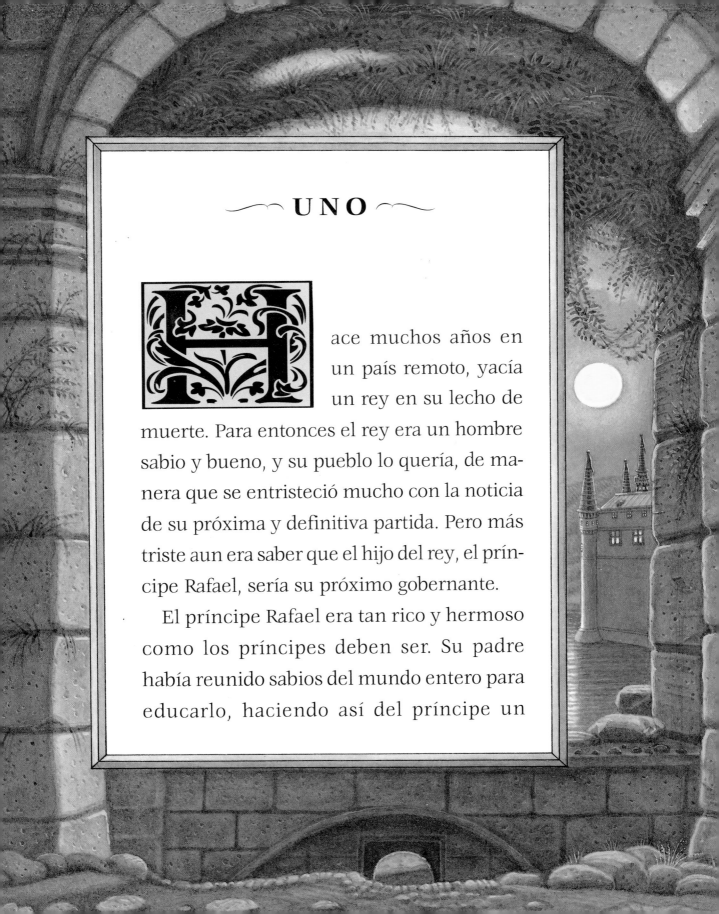

⚬~ UNO ~⚬

Hace muchos años en un país remoto, yacía un rey en su lecho de muerte. Para entonces el rey era un hombre sabio y bueno, y su pueblo lo quería, de manera que se entristeció mucho con la noticia de su próxima y definitiva partida. Pero más triste aun era saber que el hijo del rey, el príncipe Rafael, sería su próximo gobernante.

El príncipe Rafael era tan rico y hermoso como los príncipes deben ser. Su padre había reunido sabios del mundo entero para educarlo, haciendo así del príncipe un hombre muy culto. Sería de esperar que la gente estuviera orgullosa de tener a Rafael como su próximo rey, pero en realidad lo que tenían era temor.

—Mirad sus ojos —decían—, y ved en ellos la arrogancia de un hombre que sólo se admira a sí mismo.

—Mirad sus labios —decían—, y ved la sonrisa desdeñosa de un hombre que considera a todos los demás unos tontos.

—Mirad sus manos —decían—, y ved las zarpas de un hombre que cree que todos los bienes de los demás son suyos.

El viejo rey, aun en su lecho de muerte, comprendía los temores de su pueblo. Justo antes de morir, llamó a su hijo y a todos los consejeros del reino para que se presentaran en su aposento.

—Hijo mío —dijo entonces—, quiero, con mis últimas palabras, darte mi bendición.

—Desde luego —dijo Rafael, a pesar de que le interesaban más el oro y las tierras de su padre que las últimas palabras del buen rey.

—Gobernarás cuando yo parta —dijo el viejo rey—, ya que así lo establece la antiquísima ley que no debe cambiar. Pero no podrás usar mi corona hasta el día en que te cases con una mujer que sea tu igual en belleza, inteligencia y fortuna.

Al príncipe no le gustaron las palabras de su padre.

—¡Pero eso no es una bendición! —protestó—. ¡Más bien parece una maldición! ¿Dónde voy a encontrar una princesa que sea en todo mi igual?

Rafael pidió que su padre retirara las pa-

labras de tan extraña bendición. Pero el rey se negó con la cabeza y esa misma noche exhaló su último suspiro y murió.

El príncipe Rafael estaba tan enojado que se negó a llorar la muerte de su padre. Cuando los consejeros sugirieron que se bajaran las banderas a media asta en señal de duelo y que se le diera a la gente el día libre para asistir al funeral, su furia se enardeció.

—Ya habrá tiempo para vacaciones cuando me coronen rey —dijo—. Decidle a la gente que vuelva a su trabajo.

Apesadumbrados, los consejeros anunciaron que no se guardaría luto por el viejo y querido rey. Su único consuelo era que quizá nunca llegara el día de la coronación de Rafael, ya que ¿dónde podía encontrar un hombre de arrogancia tal una mujer que él considerara ser en todo su igual?

DOS

Al comienzo, Rafael estaba muy ocupado para pensar en la corona. Tenía que mandar a pintar su retrato. Es más, tenía que hacer pintar docenas de retratos para reemplazar los de los antiguos reyes que colgaban en el palacio y los museos y las escuelas.

A lo que se le ocurrió otra idea: ¡cerrar las escuelas! ¿Cómo justificar toda esa cantidad de niños perdiendo el tiempo para aprender una pizca de geografía aquí y otra triza de aritmética acullá? ¿Acaso no era él el hombre más inteligente de la tierra conocida?

—¡Poned los niños a trabajar! —ordenó—. De ahora en adelante el que piensa en este país, soy yo.

Pero lo que más tiempo le tomó, y con lo que más disfrutaba Rafael, fue la recaudación de impuestos. Primero recaudó todas las monedas de oro en el reino. Luego las de plata. Luego envió a sus funcionarios a que recogieran todo el ganado y el grano y las hortalizas y las verduras. Todo esto lo vendió, procurando enormes ganancias, a la gente que se vio obligada a entregarle hasta el último cobre para comprar de vuelta el ganado y alimento que antes había sido suyo.

Rafael se hizo más y más rico mientras la gente se hacía más y más pobre.

—¡Ah! —exclamó un día frente al espejo—, lo tengo todo. Hermosura, inteligencia y una gran, gran fortuna. Soy el hombre más feliz de la tierra.

Entonces, una voz interna le susurró al oído:

—No lo tienes todo. No luces aún la corona de tu padre.

Y Rafael recordó la ira.

Ese mismo día mandó llamar a los consejeros.

—¡Tontos de capirote! —les dijo—. ¿No oyeron las últimas palabras de mi padre? ¿Por qué no me habéis encontrado una esposa?

Los consejeros temblaron de pies a cabeza. ¿Qué debían hacer? Si no le encontraban esposa al príncipe, éste montaría en

cólera. Y si daban con una ¿el príncipe la
consideraría su igual en todo?

—¿Cómo encontrar una mujer que sea vuestro par, oh, príncipe? —preguntaron—. ¿Tú, sin
igual en hermosura, inteligencia y fortuna?

—Ése es vuestro problema —contestó
Rafael—. Y si no lo resolvéis para cuando
termine el año, seréis arrojados a los cala-
bozos hasta que se os pudra la carne y se
desprenda de vuestros huesos.

Espantados, los consejeros enviaron emisarios a todos los reinos y allende los mares
en busca de las más hermosas princesas. Y
las trajeron al palacio para que las ponde-
rara el príncipe.

Había una cuyos cabellos parecían hebras
hiladas del mismo sol rodando sobre sus
hombros hasta caer en la cintura.

Otra cuyos ojos eran pozos de azul de espliego brillando a la luz de la luna.

Aún otra con piel de alabastro y el cuerpo de una diosa.

El príncipe admiró el cabello de la primera, los ojos de la segunda y el cuerpo de la tercera, pero no quedó satisfecho.

—¡Bah! —gritó—. Es imposible hacer una princesa con pedazos de tres. No hay una sola criatura aquí digna de caminar a mi espalda, muchísimo menos de erguirse a mi lado sin vergüenza. ¡Al calabozo todos vosotros!

Al oír estas palabras los consejeros todos temblaron de la cabeza a los pies. Pero el más sabio entre ellos dijo:

—Si vuesa merced así lo consiente, oh príncipe, sabed que todavía restan nueve meses para completar un año. Además

¿cómo buscaros una reina desde el calabozo?

Disgustado, Rafael no tuvo más remedio que guardar su palabra. De acuerdo a la antigua ley, la voz de un soberano no se puede rectificar.

De nuevo enviaron los consejeros emisarios a todos los reinos y allende el mar. Esta vez se les ordenó que trajeran a las más inteligentes princesas del orbe. Y las trajeron para que las examinara Rafael.

Llegó una princesa que sabía las capitales de todos los reinos del mundo.

—Inútil —dijo Rafael—. No puede pronunciar pterodáctilo.

Otra que podía multiplicar cifras de cuatro dígitos de memoria sin contar con los dedos.

—Poca cosa —dijo Rafael—. Esta mujer creería que porque las mesas tienen patas, entonces caminan.

Y una última que sabía geografía y matemáticas y conocía todos los nombres y las fechas de los emperadores de Bizancio mil años hacia atrás.

—Poca cosa —dijo Rafael—. No sabe jugar *backgammon,* además tiene cara de ornitorrinco. ¡Al calabozo con vosotros todos!

De nuevo temblaron de pies a cabeza todos, y de nuevo el más sabio declaró:

—Si vuesa merced así lo permite, oh príncipe, aún faltan seis meses para culminar el año —dijo—. Además, ¿cómo buscar desde un calabozo?

No le gustó al príncipe, pero tenía que

cumplir su palabra como lo exigía la ley.

Esta vez la ansiedad se apoderó de los consejeros. Enviaron entonces tres veces el número de emisarios y éstos encontraron por fin a tres princesas.

Una era la hija de un rey cuyos dominios eran tan vastos que nadie en vida había podido medirlos. La segunda era la hija de un rey cuya flota de barcos surcaban los mares del mundo trayendo enormes riquezas en cada uno de sus viajes. La tercera era hija de un rey propietario de minas de diamantes. Su vestido estaba bordado con diamantes. Cada una de sus zapatillas era un único diamante labrado.

Para empezar, Rafael parecía contento. Jamás había visto tanta riqueza. Pero no podía decidirse por ninguna.

—Me casaré con las tres —dijo rapaz y ambicioso.

Pero aunque temblaba de pies a cabeza, el más valiente de los consejeros dijo:

—Debe vuesa merced escoger sólo una. No puede haber sino una reina en este reino, es lo que dice la antigua ley que no se puede rectificar.

Rafael montó en cólera.

—Entonces no me caso con ninguna —dijo—. Son tontas y feas. Al calabozo vosotros todos y llevad consigo estas inútiles mujeres.

El más sabio de los consejeros le recordó a Rafael su palabra, ya que aún le quedaban tres meses al año. Pero esto poco alegró a ningún consejero. Habían buscado por el mundo entero y estaban seguros que no habría mujer alguna que el príncipe Rafael considerara su igual.

Ya no se molestaron más con sus esfuerzos de enviar emisarios. En vez empezaron a dejar y poner sus asuntos en orden, porque sabían que para el fin del año con toda certeza serían arrojados al calabozo hasta que sus carnes podridas se desprendieran de sus huesos.

TRES

ntre tanto, y por aquel entonces, en un lejano rincón del reino vivía un pobre campesino. Su mujer había muerto y le dejó una hija. Rosalía (que así se llamaba) era alegre, hacendosa y buena, y su padre la quería más que a su propia vida.

Cuando murió el viejo rey y Rafael empezó a gobernar, el viejo comprendió que perdería lo poco que tenía a manos del avaricioso príncipe. Su única posesión era una cabra que aquella primavera había tenido dos crías. Así que el viejo granjero juntó todo el pan que tenía en la casa y le pidió a Rosalía que los llevara a unos pastizales lejanos en las montañas.

Rosalía no quería dejar solo a su padre.

—Ven conmigo —le imploró.

—Debo quedarme —respondió— y tratar de sacar una cosecha. Quizá los emisarios de Rafael no encuentren nuestra pequeña granja en este rincón perdido del reino.

—Entonces déjame quedar contigo —insistió Rosalía—. ¿Acaso no es mejor compartir el hambre con alguien que darse un festín solitario?

—No, hija mía —dijo el viejo—. Debes partir, porque le prometí a tu madre cuidar bien de ti. Si vienen los emisarios, al menos tú y las cabras estarán a salvo.

Con el corazón abatido, Rosalía dejó a su padre y llevó las cabras al pastizal en las montañas. Al comienzo la soledad la afectó mucho, pero no era Rosalía una persona que se dejara llevar por la desesperación. A medida que pasaron los días, construyó un hogar alegre para sí y los cabritos, en una vieja casucha que allí había para los cabreros.

Las montañas eran hermosas en verano. Adoraba juguetear en la pradera con su rebaño y con frecuencia les cantaba. Abundaba la dulce yerba para el rebaño. Había raíces y bayas y semillas y granos silvestres. Rosalía bebía leche de cabra y hacía quesos y pan.

Pero el invierno llega temprano a las montañas. Con las primeras nieves la

comida se hizo escasa. Rosalía había seca-
do pastos, pero éste pronto se acabó, de
manera que compartió el grano que había
guardado para ella, con su rebaño. Con
todo, al escasear la comida, la madre cabra
daba menos leche.

Un día, mientras el rebaño escarbaba en
la nieve en busca de algo para llenar sus
estómagos vacíos y mientras Rosalía, temblando de frío en la casucha, pensaba si
debía o no hacer pan con el grano que le
quedaba, oyó un chillido de espanto.

Rosalía tomó su cayado y corrió fuera. La
cabra madre balaba inquieta ya que ahí, en
la nieve, un enorme lobo tenía atrapada en
sus fuertes mandíbulas a una de sus crías.

—¡Cómo te atreves a atacar a mi amiga!
—gritó Rosalía.

El lobo soltó la criatura con la misma delicadeza que una gata a su gatito y volteó a mirar a Rosalía con tanta tristeza y hambre, que ella no pudo menos que apiadarse del lobo.

—Pobre —dijo—. Ven, entra en nuestra casa. ¿No te parece mejor compartir entre todos lo último que nos queda y morir como amigos que despedazarnos unos a otros y morir como enemigos?

—Eres buena —dijo el lobo, su voz ronca como una tormenta lejana—. Tu bondad será retribuida.

—¿Quién eres? —preguntó Rosalía—. Nunca se había cruzado con un lobo que hablara.

—Soy el Lobo —contestó—, y seré tu amigo.

Rosalía, el rebaño y el lobo entraron en la casucha, donde Rosalía tomó lo último que quedaba de grano y lo dividió. Le dio una porción a cada uno de los miembros del rebaño y las dos últimas porciones las molió para hacer harina y con ella horneó una pequeña barra de pan que a su vez cortó en dos para compartir con el lobo.

—Ahora cantaré todas las canciones que conozco —dijo—. ¿No es mejor morir con una canción en los labios que morir tristes y sombríos?

Más tarde aquella noche una de las cabritas baló con hambre.

—Lo siento, pequeño amigo —dijo Rosalía—. Ya no hay más grano en el cuenco. No tengo nada para darte.

—¿Estás segura? —preguntó el lobo.

Para sacarlo de dudas, Rosalía abrió la tapa del cuenco y vio un manojo de grano.

—¿Pero, cómo puede ser? —se preguntó. Igual, agradecida, dividió el poco tal y como lo había hecho antes.

De allí en adelante, toda vez que creyó vacío el cuenco del grano, el lobo volvió a preguntar: "¿Estás segura?", y cada vez que levantó la tapa encontró su manojo de grano que compartió con sus amigos.

Así pasaron contentos muchas semanas. Pero Rosalía seguía preocupada por su padre y se preguntaba si estaría bien.

—¿Por qué tan triste, amiga mía? —le preguntó una noche el lobo.

—Me angustia mi padre —contestó ella.

—Tu padre está bien —dijo el lobo. Y como

éste no era un lobo común y silvestre, Rosalía creyó en sus palabras y sintió consuelo.

—También me preocupa mi país —dijo ella—. Lo gobierna un príncipe avaricioso y arrogante a quien lo tiene sin cuidado el bienestar de su pueblo.

—¡Ah! —dijo el lobo—. Es aquel reino en donde han buscado en vano a una joven mujer de grandes riquezas, inteligente y hermosa. Si apareciera tal mujer, quizá se salvara el reino.

El lobo miró a Rosalía con ojos solemnes.

—¿Quisieras ayudar a tu pueblo? —le preguntó.

—Si sólo pudiera —contestó Rosalía—. Pero como puedes ver, no soy ni muy hermosa ni muy astuta y tan pobre que

hubiera muerto de hambre con mi rebaño si no hubieras llegado en nuestra
ayuda.

—Mira en mi nuca —dijo el lobo.
Rosalía miró, y vio por primera vez que
allí, entre su espesa piel, había una diadema de oro—. Póntela en la cabeza —
dijo el lobo— y ve a la capital. Allí en-
contrarás un sabio consejero del príncipe. Dile que tú eres la princesa que tanto han buscado.

Rosalía se rió de buena gana.

—No soy ninguna princesa. Tú deberías
saberlo mejor que nadie.

Pero el lobo siguió muy serio.

—Tu madre murió al tiempo que tú na-
cías. Sus últimas palabras fueron una
bendición. Te dijo que serías igual al rey.

Rosalía se consternó. La idea de ir hasta la capital y afirmar tamaño disparate, la aterraba. Pero pensó en su difunta madre y su querido padre y en toda la gente que sufría y resolvió hacer el viaje.

Sacó la diadema de oro de la nuca del lobo y se la puso en la cabeza. De repente, la casucha se iluminó.

—¿Oye, esto es magia? —preguntó.

—Una diadema de un amigo siempre será mágica —contestó el lobo—. Ahora, vete —dijo.

—Nunca te olvidaré —dijo Rosalía.

—Ni yo a ti —dijo el lobo—. Sin embargo, cuando vuelvas al mundo de la gente, no digas que me conoces. No entenderían nuestra amistad.

Así, Rosalía besó en despedida a los miembros de su rebaño, se inclinó respetuosamente frente a su amigo el lobo y se dirigió, bajando las montañas invernales, camino a la capital.

CUATRO

legó el último día del año. Los consejeros, que habían pasado los últimos doce meses en agonía, ya habían aceptado con resignación su destino. Pasaron las últimas horas con sus respectivas familias, consolando a las esposas en llanto y abrazando a los hijos apesadumbrados.

Una hora antes de dar la media noche, el más sabio de los consejeros se levantó de la mesa alrededor de la cual estaba su familia, se bañó y se vistió con sus más finas galas.

Justo antes de salir, en dirección al palacio, tocaron a su puerta. La abrió y vio frente a sí la más hermosa joven que jamás había visto.

—He sido enviada a ésta, tu casa —dijo ella—, porque debes llevarme a donde el príncipe.

Sin la menor esperanza, se atrevió a decir:

—Debo advertirte que el príncipe es un hombre muy duro. Si no te considera su igual en todo, no puedo garantizarte la vida ni a ti ni a nosotros.

—No temo —replicó Rosalía—. No debes temer tú, ya que te prometo que esta noche dormirás en tu propia cama.

El consejero no preguntó más. Pensó que si esta joven mujer fuera la mitad de sabia o rica como era de hermosa, no habría quien la pudiera resistir.

Al llegar al palacio el príncipe ya vociferaba.

—¿Dónde está mi esposa, caterva de estúpidos? ¡Ha pasado un año con todos sus días y no la han podido hallar! ¡Al calabozo, todos!

El consejero sabio dio un paso al frente.

—Su majestad —le dijo, con una venia larga—, permitidme presentaros a la princesa Rosalía.

Al golpe de la media noche pasó frente al trono la más hermosa mujer que príncipe alguno haya visto. Desde que la vio, Rafael se hizo el propósito de hacerla suya.

—Eres la más hermosa criatura que he visto —dijo.

—Si así lo dices —replicó humilde Rosalía.

De pronto el príncipe recordó las palabras de su padre: "La reina debe ser mi igual en inteligencia, riqueza y hermosura".

—Eres bella sin lugar a dudas —dijo Rafael—. ¿Pero eres inteligente? ¿Tan inteligente como yo?

—Eso sólo tú lo puedes saber —dijo Rosalía—. Pero yo sí sé algo que nadie más sabe.

—¿Y qué puedes tú saber que yo no sepa? —preguntó altanero el príncipe.

—Sé —dijo Rosalía en voz muy baja para que no lo oyera sino él—, ...sé que estás muy solo.

El príncipe la miró desconcertado. Hasta ese momento no había conocido las dimensiones de su soledad. ¿Cómo podía esta mujer, una extraña después de todo, conocerlo mejor de lo que él se conocía a sí mismo?

—Y bien —dijo con brusquedad—, has pasado dos pruebas, pero aún falta el requisito de las riquezas. ¿Cómo puedes probar que tu riqueza está a la par con la mía?

—No puedo, vuesa merced, porque como ves, no traigo nada conmigo. Pero quizá haya un modo para poder juzgar. ¿En este momento hay algo que desees y no poseas?

Al oír la pregunta se le atravesaron por la cabeza al príncipe pensamientos arremolinados de vastas tierras, barcos de velas, diamantes y, sobre todo, la corona de su padre.

—Claro que sí —dijo enfurecido—, hay muchas cosas que deseo y no poseo.

—En ese caso —dijo suavemente Rosalía—, tal vez tú eres más pobre que yo, porque no hay nada que yo desee que ya no posea.

—¡La par del rey! —gritó el más sabio de los consejeros—. ¡La hallamos!

Y todos los consejeros gritaron a una voz:

—¡Viva, viva, la par del rey!

Rafael estaba satisfecho porque en ese momento no deseaba nada distinto de hacer a Rosalía su mujer. Le alargó la mano.

—Ya está —dijo—. En acuerdo a la antigua ley y a la bendición de mi padre, serás reina del reino y mi mujer.

Pero Rosalía no le correspondió el saludo con la mano.

—Quisiera ser reina del reino —dijo—, pero me temo que no podré ser tu esposa y mujer, ya que de tu propia buena cuenta has admitido que soy la más hermosa criatura de hayas visto, que conozco lo que tú no conoces y que mientras yo poseo todo lo que quiero, tú en cambio deseas muchas cosas que no posees. En tus propias palabras, señor mío, has declarado que soy más que tú.

Rafael sintió ira, pero sabía que su propia insensatez había sido su ruina. Ahora que ella parecía inalcanzable, la deseaba más que nunca.

—¿Qué debo hacer entonces para que accedas a ser mi esposa? —preguntó impaciente.

—No estoy muy segura —dijo Rosalía—, pero quizá exista una salida. Arriba en las montañas hay una casucha de cabrero y tres

cabras. Debes ir a vivir allí y cuidar el rebaño un año. Al culminar el año debes regre-
sar al palacio trayendo contigo las tres cabras vivas y gozando de salud. Si en ese
tiempo logras volverte en todo mi igual,
entonces nos casaremos y gobernaremos el
reino como rey y reina.

Y diciendo esto, Rosalía envió por su padre para que viniera a vivir en el palacio
con ella en tanto Rafael se iba a las montañas a vivir un año con el rebaño.

CINCO

No había acabado de irse Rafael cuando ya Rosalía había puesto manos a la obra. Colocó a un lado su diadema de oro, se remangó la camisa y se dispuso a deshacer el daño que Rafael había hecho en su corto reinado.

El reino no había visto nunca un gobernante tan bueno, hacendoso y alegre. Fue un año de clima excelente y abundantes cosechas. Los niños volvieron a la escuela y todo el mundo tuvo tiempo para recrearse.

Entre tanto, Rafael había llegado al rincón en las montañas. La vieja cabra y sus críos lo recibieron dando balidos de alegría que se tornaron en balidos de tristeza cuando vieron que no traía nada para comer.

Además, las cabras, siendo cabras, tenían su olor, así que Rafael las sacó a patadas de la casucha al frío descampado, donde permanecieron llamando a la puerta con lastimeros balidos. El príncipe los ignoró mientras buscaba algo que pudiera echarse en su estómago hambriento.

Al fin encontró el cuenco del grano y, como no sabía molerlo para hacer harina y luego pan, empezó a comerse los duros granos así no más.

De pronto oyó un chillido agudo que provenía del pastizal cubierto de nieve. Era como si una criatura estuviera matando a otra. Se llenó de espanto. ¿Qué tal que alguna bestia feroz lo atacara en estas montañas desoladas? Nadie oiría sus gritos pidiendo ayuda. Maldijo a Rosalía por haberlo enviado a estas lejanías indómitas. Entonces, cuando recordó que debía volver al palacio con las tres cabras vivas y gozando de cabal salud dentro de un año, tomó un cayado y corrió fuera de la casucha.

Allí en la nieve vio un enorme lobo con una de las pequeñas cabras entre sus poderosas mandíbulas.

—¡Detente! —gritó Rafael, blandiendo el cayado—. Esa cabra es mía. Suéltala y vete de aquí.

El lobo posó el cabrito con la delicadeza que lo hace una gata con su gatito.

—No sabía que este crío fuera tuyo —dijo el lobo.

Ahora, Rafael nunca había oído hablar a ningún animal, mucho menos uno salvaje, de manera que, temblando de pies a cabeza, le pregunto:

—¿Qu... qui... quién eres?

—Soy amigo de Rosalía —dijo el lobo—. Es lo único que tienes que saber.

—¿Entonces por qué te estás robando su cabrito? —preguntó Rafael ahora un poco envalentonado.

—No me lo estaba robando. También somos amigos, el rebaño y yo. Vivimos juntos aquí, en esta casucha. Salí a dar una vuelta y al volver encontré a mis amigos tiritando en la nieve, sin nada que comer y un extraño metido en nuestra casa engulléndose nuestro grano. Así que le tendimos una trampa sencilla a un intruso que no queremos aquí y parece que funcionó.

—Rosalía jamás te mencionó —dijo con brusquedad Rafael.

—No —dijo el lobo—, no lo haría —y se dirigió al rebaño—: Ahora que el tontísimo ha salido de casa —dijo—, entremos para ver si dejó algo para comer.

El lobo entró tras el rebaño y cerró la puerta. Al comienzo Rafael no quiso tocar a la puerta y pedirles perdón, por orgullo. Pero a medida que el sol declinó y empezó a avanzar la noche y el viento se levantó aullando entre las montañas, Rafael no tuvo más remedio que comerse su orgullo... tenía que humillarse o morir congelado.

—Por favor, señor —imploró—. Hace

mucho frío, podría morir. ¿Puedo entrar?

—Claro que puedes entrar —dijo el lobo—. Es más, necesitamos tu ayuda. Garras y cascos no son buenos para prender un fuego, ni moler el grano, ni hornear el pan.

—Lo siento —dijo Rafael—. No sé prender un fuego, ni moler el grano, ni hornear el pan.

—No importa, no te preocupes —dijo el lobo—. Sólo haz lo que te indico y todo saldrá bien.

Y eso fue lo que ocurrió con Rafael. El lobo le enseñó todas las cosas que Rosalía sí sabía hacer: fuego, harina y pan. Y para cuando llegaron la primavera y el verano, a recoger raíces y bayas y granos silvestres y a secar pastos para el invierno por venir.

Con el paso de los meses, la piel de Rafael

se curtió y en sus manos se formaron ca-
llos. Sus finísimos atuendos se hicieron ha-
rapos y unos pájaros astutos le robaron la
peluca para fabricar sus nidos.

El rebaño le enseñó a bailar y, por las no-
ches, junto al fuego, el lobo le enseñó las
muchas canciones que Rosalía solía cantar
y le narró relatos y leyendas de la antigüe-
dad.

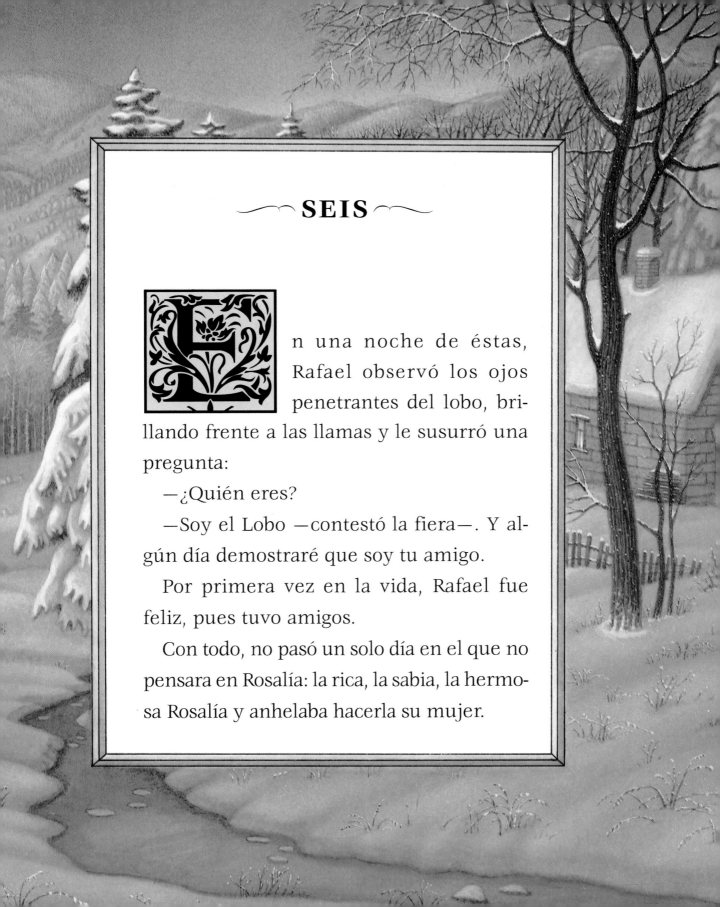

SEIS

En una noche de éstas, Rafael observó los ojos penetrantes del lobo, brillando frente a las llamas y le susurró una pregunta:

—¿Quién eres?

—Soy el Lobo —contestó la fiera—. Y algún día demostraré que soy tu amigo.

Por primera vez en la vida, Rafael fue feliz, pues tuvo amigos.

Con todo, no pasó un solo día en el que no pensara en Rosalía: la rica, la sabia, la hermosa Rosalía y anhelaba hacerla su mujer.

Llegaron por fin de nuevo los días que empezaron a hacerse fríos y cortos y la nieve cubrió otra vez los campos.

—Ya es hora —dijo el lobo una noche—, es hora de que tú y el rebaño bajen al palacio.

Rafael se estremeció al oír estas palabras, porque así como añoraba ver a Rosalía, así temía verla cara a cara. ¿Qué pensaría de él? Entonces recordó que el sabio lobo, que tantas cosas le había enseñado, era también amigo de ella.

—Ven con nosotros, amigo mío —le pidió Rafael al lobo.

El lobo se negó con la cabeza.

—Yo pertenezco a las montañas —dijo—. Pero envía mi cariño a la hermosa Rosalía, recuérdale la bendición de su madre y dile que su sabiduría y bondad no han sido en vano.

El último día del año, Rafael bajó de las montañas invernales y cruzó las puertas del palacio seguido del rebaño enflaquecido.

Sabía que tenía el aspecto de un cabrero, de manera que no se presentó por el portón principal sino que dio la vuelta para hacerlo por la cocina. Adentro oyó una mujer cantar una de las canciones que había aprendido del lobo. Escuchó unos minutos armándose de valor. Entonces empujó la pesada puerta.

Rosalía estaba frente a la estufa remangada, el rostro encendido por el calor.

—¡Ay, Rafael! —exclamó—. ¿Tan rápido ha pasado un año?

—Te traigo tu rebaño —dijo Rafael.

—Sí —dijo Rosalía, recordando la noche mágica en la que lo había conocido. De pronto, se llevó las manos a la cabeza—. ¡Oh! —dijo— olvidé mi diadema.

—Eres aún más hermosa que en mis recuerdos —le dijo con dulzura.

Rosalía se rió.

—No —dijo—. En verdad, no. Pero quizá tú sí has cambiado.

—Sí —continuó Rafael—. Las montañas me han cambiado. Allí conseguí amigos.

—Un hombre con amigos es en verdad un hombre rico —dijo en un susurro tan suave que casi no se oyó.

—He aprendido mucho de mis amigos —siguió Rafael—. He aprendido a cantar y a jugar y hacer mi propio pan de cada día.

También, que no soy ni tan hermoso, ni astuto, ni rico como creía. En efecto, gentil mujer, no tengo nada más que ofrecerte que estos tres cabritos que de cualquier forma ya son tuyos.

Triste, Rafael dio media vuelta para partir.

—Casi lo olvido —dijo—. El lobo te manda su cariño.

—Espera —dijo ella alargando su mano—. No te vayas.

Esa misma noche Rafael y Rosalía se casaron y fueron coronados rey y reina y tanto ellos como todos en el reino, vivieron juntos felices muchos, pero muchos años.

Cada invierno, justo el día que da la vuelta el año, el rey y la reina y sus hijos des-

pués, subieron a las montañas donde, corre
la leyenda, visitaban a un viejo amigo.